現代短歌パスポート3

おかえりはタックル号

書肆侃侃房

目次

服部真里子

すべての雪に新しい名を

見てよ百合これが一月一日の光じょうずに溺れてごらん

住所って約束だから虹色にまたたき陸を彩っている

幻の馬の曳くもの　驟雨、戦車、あなたの午後の窓をよぎって

狼のようにこの夜を追ってゆく雨の輝かしい息づかい

沈黙が瀝青のごと流れきて右から左へ読むヘブライ語

ひえびえと言葉は思惟を梳きながら夜を垂れているビニールの紐

還るということを知らない鷹だからどの雪もみな名前がなくて

一月を奈落のように深くする君の声まして鵙を呼ぶ声

雪の名はすべて諡《おくりな》と思うときみるみる結露してゆく声は

降る雪の倍音がつぎの雪を呼ぶその必然に雪は疲れて

白百合の輪郭はピアノ線のごと冷えて突然感情を断つ

夢の中から現実へ投げ上げるコインに君の横顔うつる

放たれて君の視界の夕景をふかぶかと斬る鷹だったこと

金色のひかりの腕を振りまわし一度だけ炎えてみせて、　シンバル

極光のようにわずかにためらってすべての雪に新しい名を

木下龍也

ひとりひとりぐらぐらしし

雲は神さまが撒かれた餌なのに見上げるだけでだれも食べない

おかえりはタックルが常だったのにどうしてこんなにも弱いお手

相似形として連続する夜にせめて特殊な寝姿を取る

東京の線路に爪を引っかけて剥がせばわりと焼け野原です

車ってゼリー素材にしたほうがよいのではないでしょうか総理

夢のなかではしゃべる犬ありがとう意外と語尾がンゴなんですね

写真立ての前で三時間くらいぼんやりとして　心　病院

くもらないように呼吸を止めながら暗いファミリーマートを覗く

泣くたびにダイヤモンドがこぼれろよしょっぱいだけじゃ割りに合わねえ

落としたら拾われるまで落ちていてバイタリティのないボールペン

茎を切りすぎたチューリップが花器の淵に黄色い顎でもたれる

ああこれはバックに山がついているひと特有の抱きしめ方だ

仰向けに仰向けで重なる遊び　あなたになれたようでうれしい

順番にあくびはうつり順番にあくびでにじむ街の灯を見る

ぼくがはじめて手紙を出した人　覚えてないけど生きていますか

橋爪志保

願いごと

きみの眼をのぞいて利用してしまうこの世の風穴さえも見たくて

夜の海にむかってみればぜんぶ歌　誰かがあげた悲鳴を聞いた

絶妙なニュアンスをもてば伝わるね二度とそばにはいられないのも

動かない愛へのマッサージとしてのエレクトリカルパレードの曲

蔦っぽい気持ちで蔦が枯れているみたいな気持ちを払いのけたら

泣くことは許されている　だとしてもお墓の前ですることがない

生きづらい子どもだったと自慢する言葉も語尾で笑っちゃうじゃん

クロッキーじみた粗さの朝は来て毛布のなかで崩れ目覚める

リップクリームちいさく回り息のまだある唇のための筒だと

悲しみがよく似合うのは不幸とは別問題の　肌をゆく水

別れにも名前がついていたせいで他人のきみの手を手放した

まだここが生きるに値することを告げたい花を破り捨てても

願いごとを書けと言われて叶うのにかわりに自分の短歌を書いた

きみがきみを生きなくなって何年をわたしは暮らす　埃まみれを

スモーキン・エリアに雪が降りてきてみんなはきみが大好きだった

川村有史

植樹

太畝はてざわりが良くそのフィールのために簞笥へ手をいれていく

通院のあとの身体で駅前を南国の木に沿って歩いた

犬がもぞもぞやってからしわしわな毛布のうえに横たわるまで

交通のルールを守っていくことで横ばいになるグラフの推移

サイドンに海を渡らせた経験がきょう僕に納期をまもらせる

義務課程で教わっていないことたちが次から次へ手品のように

ボンネットにスタンスをとる羽の虫これは風圧にあらがう術

先週はすりりんごの連続だった本当にもうだめと思った

たぶん親の収入越した僕をいま郵便番号が３７０

あのうすい虹に気づいてしまったらもう長くないと言われても信じてしまう

ケトルから湯気たちあがるころあいに煮沸のリズムゆるやかになる

行ったことや見たことがない花畑も枯れたりせずにいてほしいこと

指をこう追って確かめてくことが短歌のテクでまた指を折る

次のニュースは中止になった祭事を子どもが勝手にやるやつがいい

引っ越すと決めた区画にのびているこれからこの樹を覚えるだろう

菅原百合絵

海を見る顔

白湯を飲む朝の夫は触れがたし見えざる海を見る顔をして

得意とする言語は Python と Java

樹のごときあなたの寡黙さに相応《ふさ》ふ人語ならざる言葉の簡素

ピアニストの滑らかさもてコード書く十指に冬の陽は差してをり

ローマ史を読みつぐ日々

血塗られし起源を持たぬ国なくて窓に残照うすれはじめつ

会議終はりて会議始まるまでの間を戦に滅ぶ王朝ひとつ

virtūs《徳》の語の奥にvir《男》がゐることの自明さ辞書にしんと灯れり

武器とりて殺すことこそvirtūs《勇気》なれ騎士の外衣《トーガ》のしたたる緋色

gynaecēum《婦人部屋》に女は深く籠められて糸紡ぎたり囀りながら

孤児なりしレムルス・ロムス　幼き日親なき子らをわれは妬みき

「ここではわたしが蛮族なのだ　わたしの言葉は彼らに理解されないのだから」（オヴィディウス『悲歌』）

ローマより逐はれし嘆き零しつつ花野ゆき荒野ゆくオヴィディウス見ゆ

めがね置きて窓を覗けば自動車は光の筋となりて列なす

「愛するとは言葉のない世界への脱出である。どんな言葉も愛の神秘と繊細さには及ばない。」（宇佐見英治『言葉の木蔭』）

ねむり深きひとの寝息を聞きながら（遠いなあ、ずっと。）髪を撫でやる

七年をともに暮らしてままごとのやうなり諍ふこといまだなく
一度だけあなたが叱りくれし夜やさしき声の人と思ひき

白しらと胸に湧きくる泉水を愛と呼びそのほとりで逢はな

書肆侃侃房
Shoshikankanbou

パンクの系譜学

川上幸之介

本体2,600円＋税　978-4-86385-610-3

パンクの抵抗の系譜を辿りつつ、正の陰に隠れた歴史に光をあてる画的著作。

Punk!展、ゲリラ・ガールズ展ほか、話題の展のキュレーションを行う研究者による初単著。松村圭一郎さん、毛利嘉孝さん推薦！

「日本語でのパンク論の決定版といえる」
（朝日新聞3/28／増田聡さん）

ジェーンの物語

伝説のフェミニスト中絶サービス地下組

ローラ・カプラン著　塚原久美訳

本体2,500円＋税　978-4-86385-623-3

妊娠して困ってない？
〈ジェーン〉に電話して！

女のからだは女自身のものであり、
女には自らのからだに対する権利がある

中絶が違法だった半世紀前の米国シカゴ。女たちが女たちを助けようと立ち上がった違法の組織〈ジェーン〉。安全な人工妊娠中絶を求め駆んだ女性たちの数は推定1万1000人。激動の歴赤裸々に描いた衝撃的なノンフィクション。

人殺しは夕方やってきた マルレーン・ハウスホーファー短篇集

マルレーン・ハウスホーファー著　松永美穂訳

本体2,100円＋税　978-4-86385-621-9

文学ムック「たべるのがおそい」vol.4収録の「さくらんぼ」「雌牛事件」「フォン・ガイエン氏の夜の出逢い」ほか、かなしみにユーモアをまぶした切なく心あたたまる作品集。

大山の中でたった一人、壮絶なサバイバル闘争を繰り広げる女性を描いた長篇小説『壁』で、世界を震撼させたマルレーン・ハウスホーファー。多くのフェミニスト、作家たちに影響を与えた彼女の、知られざる短篇小説名作集がついに邦訳！

んでから俺にはいろんなことがあった

ルド・アドルフォ著　木下眞穂訳

2,100円＋税　978-4-86385-603-5

トガルの作家が移民の置かれた立場の悲哀を
条理かつユーモラスに描く傑作長編。

配達をしていた俺は故郷の「くに」から逃げてきた。妻のカルラと幼い息子とと
「島」で不法滞在している。買い物をした帰りに乗っていた地下鉄が故障し、
左もわからない場所で降ろされた一家。なんとか家にたどり着こうと画策する
べてが裏目に出て——。周囲から存在を認められず、無視され続ける移民の
は、果たしてどうなるのか？

ピロスマニ　放浪の画家と百万本の薔薇

ギオルギ・ガメズ著　児島康宏訳

本体2,000円＋税　978-4-86385-620-2

私の絵はジョージアには必要ない　なぜならピロスマニがいるからだ——パブロ・ピカソ
ティムラズ・レジャバ駐日ジョージア大使推薦！！

ピカソが絶賛し、ジョージアでは国民的人気を誇る放浪の画家ピロスマニ。彼がモデルとなった名曲「百万本のバラ」は歌手・加藤登紀子によって日本でも大ヒット、現在も歌い続けられている。
女優マルガリータとの運命的な出会いと失恋、別れ。失意のうちに世捨て人として孤独に人生を終えたピロスマニの人生が甦る感動のグラフィックノベル。

羞の画家オチ・オサム—美術集団「九州派」の先駆者—

智順子、片山恭一

2,000円＋税　978-4-86385-615-8

・オサムの球体と桜井孝身の眼　きらめく感性と天才的発想
のきずなが世界の「九州派」（1950〜60年代）へと導いた。

を拠点とする前衛美術集団「九州派」の主要メンバーオチ・オサム（桜井孝身と共に主
地方から東京に打って出るというその激しく熱い活動の原点はどこにあったのか。オチ・オ
伴走者であり同時代を鋭くみつめた越智順子の、知られざるオチ・オサム像と、長年こと
しあった思想家・森崎茂（2023年1月没）を通して語る片山恭一によるオチ・オサム論。

短歌ムック「ねむらない樹」vol.11

本体1,500円＋税　978-4-86385-614-1

特集＝第6回笹井宏之賞発表／榊原紘／
わたしの短歌入門／2023年の収穫アンケート

第6回笹井宏之賞　大賞　白野「名札の裏」
巻頭エッセイ　奥田順平（カライモブックス）「底抜けの善人」
特別寄稿　我妻俊樹「水の泡たち（完全版）」
吉田雅史「ヒップホップ短歌試論」

ブンバップ　川村有史

本体1,800円＋税　978-4-86385-619-6

第3回笹井宏之賞永井祐賞受賞！

みんなして写真のなかで吸う紙のたばこ　爆発前のSupreme

これ、新感覚です。友達の日記を覗き見してるようでクセになります。
――SUSHIBOYS（ラッパー）

短歌で生きた音を響かせるには、文体を一から自分でつかみ直すしかない。そう感じさせる一冊である。　――永井祐（歌人）

逸脱のフランス文学史
ウリポのプリズムから世界を見る　塩塚秀一郎

本体1,900円＋税　978-4-86385-613-4

『聖アレクシス伝』『狐物語』からパトリック・モディアノ、アニ・
エルノーまで。新たな角度から提示されるフランス文学講義！

レーモン・クノーやジョルジュ・ペレックらによる前衛的な実験文学集団「ウリ
言語に秘められた潜在的可能性を追求した彼らの営為を研究してきた
が、「ウリポ」の視点からフランス文学史を新たに捉え直す。古典から現代
まで25の名作でたどるフランス文学案内。

サメと救世主
カワイ・ストロング・ウォッシュバーン著　日野原慶訳

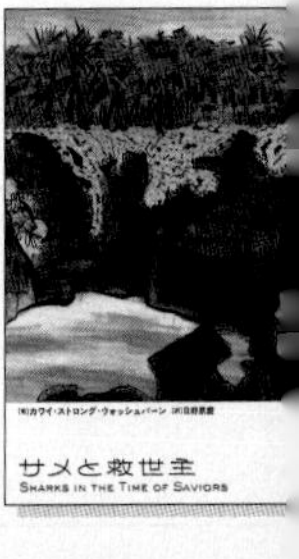

本体2,400円＋税　978-4-86385-616-5

サメに救われた少年には奇跡の力が宿りはじめる。
これは真実か、ただのイカサマか？

ハワイとアメリカ本土（メインランド）を舞台に、ある一家の波乱にみちた運命がつづられる。バラク・オバマのベストブックリスト（2020年版）にも選ばれた、ハワイで生まれ育った作家による渾身のデビュー長編。

山川藍

ずっと家にいる　2023

朝電話　夜は猫なり　日記には昼間のことが書かれていない

気の毒で言葉もない、と本当に口をきかなくなる薬剤師

カレンダーくれないかなあもう一つハローキティのカレンダーくれ

青虫の模様の先の本当の顔が葉っぱを食べている音

一斉に靴下の底うすくなりさくらんぼ柄ほとんどが穴

あたたかく高い下着やセーターをもりもり食べて蛾になりました

post card

恐れ入りますが、
切手をお貼り
ください

810-004

福岡市中央区大名2-8-1
天神パークビル50

書肆侃侃房

フリガナ

お名前　　　　　　　　　　　　　　　　男・女　年齢

ご住所　〒

TEL(　　　)　　　　　　　　ご職業

e-mail：

※新刊・イベント情報などお届けすることがあります。　不要な場合は、チェックをお願いします→□
著者や翻訳者に連絡先をお伝えすることがあります。　不可の場合は、チェックをお願いします→□

□**注文申込書**　このはがきでご注文いただいた方は、**送料をサービス**させていただきま

※本の代金のお支払いは、本の到着後１週間以内にお願いします。

本のタイトル	冊
本のタイトル	冊
本のタイトル	冊

者カード

書のタイトル

入された書店

書をお知りになったきっかけ

ご感想や著者へのメッセージなどご自由にお書きください

※お客様の声をHPや広告などに匿名で掲載させていただくことがありますので、ご了承ください。

◀こちらから感想を送ることが可能です。

書肆侃侃房　http://www.kankanbou.com　info@kankanbou.com

庭の猫描いてみるか　ボールペン動いてメスのライオンになる

真夜中の急に輝く洗面所となりの家に救急車来る

少しずつずれたマットがベッドから全部落ちてるわたしを置いて

年休にすればよかった　ぼやいたら　四十三年分怒りわく

玄関でジングルベルを歌う鳥くちばし押さえても黙らない

誰かいる外でむちゃくちゃ吐いている家族が迎えにきた音がする

年賀状じまいの話始まって十日たったらもうお正月

鍵を締め車に乗った手になぜかさっき履いてた靴下がある

除夜の鐘つく瞬間で終わってる動画は母の撮ったものです

山下翔

ほんたうかなあ

今年最後の葉書かも知れぬひとひらはささやかな訂正ひとつを告げつ

やがてしづかな冬の木となり立つまでを書き尽くすべし書きてゆきなむ

けざやかに断面を見せいちご、キウイ、パインゐならぶ三角柱食む

外に掛けつぱなしの傘を取り込んで仰げばすがし夜の晴天

夢のなかでは眠りに落ちてゆきながらそのまま現の目覚めへ到る

元旦の分厚き束の新聞を郵便受けのおもてより抜く

コメダからサンドイッチが来るまでを『家常茶飯』を読みつつ過ごす

じゃが芋のかたちたもてるいくつかが入りまじり美《い》しけふのポテサラ

皮膚科医は「枯れてきた」と言へり湿疹の移りしのちのこの拇指球を

白い大きな封筒が玄関に来たその中から『白い箱』を取り出す

ほのかにも藍のにじめる海老の身をしっぽの奥よりすすり食ふなり

あかねさす紫《むらさき》野《の》蒜《びる》大蒜《おほびる》のガーリック増し増しのペペロンチーノ

あたたかいうどん作らむとして切りぬ昨夜《ゆふべ》から掛けたままのエアコン

新しいはうから順に読んできてやうやく〈草の雨〉までさかのぼり来《こ》し

つばきが散つて、とんびが飛んでもいいのだが（ほんたうかなあ）つて心もわかる

山階基

髪は煤ける

胸倉にしまわれている万国旗こわれてからがこころだけれど

夜を焼き電池のきれた液晶はひかりを浅くすべらすばかり

はりぼてのような冬晴れせりあがる凧の向こうへ奥行は増す

マンゴーはやわらかな魚のにおい母と父とに人生がある

手袋のかたちに白く冷える指をほぐしてすすぐ未明の米は

コインランドリーは椅子があればいい乾くほどよく布はまわるよ

三叉路のいずれもいやなしばらくを靴に枯葉はこすれてよぎる

円卓はちいさく皿に占められて話題はゆれる蠟燭の火よ

改札を抜けたばかりの手ごと振る定期券入れおやすみなさい

生きたいか死にたくないかバッグ・イン・バッグをさらう指に砂粒

寝はぐれた夜のはたてをきゃらきゃらと烏賊釣り船は柄物にする

丸眼鏡かけているから丸眼鏡かけている目と目が合うのかな

ジンギスカン鍋のはるかな勾配よのぼりつめたら会えるかのよう

アイスの棒をくわえてアイス買いながらこの世のコンビニはあといくつ

対岸の火ならばむしろ燃えうつる咳をするたび季節はかわる

上坂あゆ美

おしまいまで行く

ハローキティ、埃、ドアノブカバーらがここをなんとか実家としている

綿・布の集合体と見做すときもう喋らなくなるぬいぐるみ

わかりたい孤独とわかりたくはない孤独があって太宰は後者

消えかけて点いてまた消えまた点いて寿命とはそのように来るもの

昨年の１／９ほどになる年収を見つサザエを食べる

火傷には庭のアロエを貼れという祖母より長生きしているアロエ

奥底にしまっておいたポイフルがひび割れるとき咲く花のこと

生前葬かならずしてね　飲み込めばコーヒーカップの跡に三日月

ボリュームはだいたいゼロかMAXでほんとにそういうとこだと思う

おしまいが近づいている　ちらちらと失言の数だけ輝いて

もうここに来ることはなく脱衣所で教えてもらったなますのレシピ

焼き芋のようにくしゃくしゃした紙に包んで渡される祖父の遺産

イブに食むおでんは血となり肉となり君とわたしのこれからになる

かさかさと銀紙ひらく　雪の音　避妊薬って駄菓子みたいね

愛はある／ないの二つに分けられず地球と書いて〈ほし〉って読むな

青松輝

別れの歌

星の匂い　あなたが生きているという果てしない落下とその過程

きみの見せる冬のすべてが星座になる、ライターの火を守るしぐさが

昨晩は死にたがってて今朝はもう出かける準備、　たった五分で

雪の離れに　２人の殺人者が話す互いのためだけのささやき声

そのスープは、僕らにいずれ訪れる破局と関係がありますか？

〈衝撃のラスト〉と帯にうたわれてそれはよくある叙述トリック

私小説をなぞって僕は恋人を失う、自分が書いたとおりに

ほんとうにあたしでいいの？既婚だし、嘘もこんなにたくさんつくし

出会ってすぐの僕らはまるで連星でキキララみたいなキラキラのひかり

老人の僕から老人のあなたへかぎりなく詩にちかい遺言

韻と律が水と油でこのままじゃ駄目だよ　そのすべてが私小説

手のちからがゆるむ、3、2、1、0、ほら、結衣は恋愛へと落下する

僕が想像するといつでも雪は降り、それを誰も止められないのです。

わたしたちは天国がどんなところかを話しあう、最後の一〇分で

記録的な大雨が荒川区を襲う／詩の中であなたは2度生きる

執筆者プロフィール

服部真里子（はっとり・まりこ）

一九八七年横浜生まれ。第一歌集『行け広野へと』（二〇一四年、本阿弥書店）にて、第二十一回日本歌人クラブ新人賞、第五十九回現代歌人協会賞。第二歌集『遠くの敵や硝子を』（二〇一八年、書肆侃侃房）。

木下龍也（きのした・たつや）

一九八八年山口県生まれ。歌集は『つむじ風、ここにあります』『きみを嫌いな奴はクズだよ』（ともに書肆侃侃房）『あなたのための短歌集』『オールアラウンドユー』（ともにナナロク社）。その他、短歌入門書や共著歌集がある。

橋爪志保（はしづめ・しほ）

一九九三年、京都生まれ。二〇一三年に京大短歌に入会し、作歌をはじめる。二〇二〇年、第二回笹井宏之賞にて永井祐賞（個人賞）受賞。二〇二一年、『地上絵』（書肆侃侃房）上梓。現在「羽根と根」「のど笛」「ジングル」同人。

川村有史（かわむら・ゆうし）

一九八九年青森県青森市生まれ。「退屈とバイブス」で第三回笹井宏之賞永井祐賞受賞。著書に『ブンバップ』（書肆侃侃房）。車は走ればなんでもいいです。

菅原百合絵（すがわら・ゆりえ）

一九九〇年東京都生まれ。「心の花」所属。二〇二三年、歌集『たましひの薄衣』（書肆侃侃房）刊行。

山川藍（やまかわ・あい）
一九八〇年愛知県名古屋市生まれ。参加『いまドキ語訳越中万葉』（二〇一三年／北日本新聞社）、歌集『いらっしゃい』（二〇一八年／KADOKAWA）。

山下翔（やました・しょう）
一九九〇年長崎県生まれ。「やまなみ」所属。歌集に『温泉』『meal』。

山階基（やましな・もとい）
一九九一年広島県生まれ。早稲田短歌会、未来短歌会「陸から海へ」出身。歌集は『風にあたる』（短歌研究社、二〇一九年）『夜を着こなせたなら』（短歌研究社、二〇二三年）。現在、NHK広島放送局『ひるまえ直送便』短歌コーナー選者。

上坂あゆ美（うえさか・あゆみ）
一九九一年静岡県生まれ。二〇二二年、歌集『老人ホームで死ぬほどモテたい』（書肆侃侃房）刊行。共著に『歌集副読本　『老人ホームで死ぬほどモテたい』と『水上バス浅草行き』を読む』（ナナロク社）。

青松輝（あおまつ・あきら）
一九九八年生まれ。歌集『4』（二〇二三年、ナナロク社）。

現代短歌パスポート3　おかえりはタックル号

二〇二四年五月八日　第一刷発行

著者　服部真里子　木下龍也　橋爪志保　川村有史　菅原百合絵
山川藍　山下翔　山階基　上坂あゆ美　青松輝

発行者　池田雪
発行所　株式会社 書肆侃侃房（しょしかんかんぼう）
〒八一〇－〇〇四一　福岡市中央区大名二－八－一八－五〇一
TEL：〇九二－七三五－二八〇二　FAX：〇九二－七三五－二七九二
http://www.kankanbou.com　info@kankanbou.com

編集　藤枝大
デザイン　藤田裕美
装画　楢崎萌々恵
DTP　黒木留実
印刷・製本　シナノ書籍印刷株式会社

ISBN978-4-86385-622-6　C0092